Queridos amig
bienvenidos al

Geronimo Stilton

6
4
7
5
2
1
11
3
13
12
15
21
14
24
25
23
30
22
29
27
26
28

LA REDACCIÓN
DE «EL ECO DEL ROEDOR»

1. Clarinda Tranchete
2. Dulcita Porciones
3. Ratonisa Rodorete
4. Soja Ratonucho
5. Quesita de la Pampa
6. Choco Ratina
7. Rati Ratónez
8. Ratonita Papafrita
9. Pina Ratonel
10. Torcuato Revoltoso
11. Val Kashmir
12. Trampita Stilton
13. Doli Pistones
14. Zapinia Zapeo
15. Merenguita Gingermouse
16. Pequeño Tao
17. Baby Tao
18. Gogo Go
19. Ratibeto de Bufandis
20. Tea Stilton
21. Erratonila Total
22. Geronimo Stilton
23. Pinky Pick
24. Yaya Kashmir
25. Ratina Cha Cha
26. Benjamín Stilton
27. Ratonauta Ratonítez
28. Ratola Ratonítez
29. Ratonila Von Draken
30. Tina Kashmir
31. Blasco Tabasco
32. Tofina Sakarina
33. Ratino Rateras
34. Larry Keys
35. Mac Mouse

GERONIMO STILTON
RATÓN INTELECTUAL,
DIRECTOR DE *EL ECO DEL ROEDOR*

TEA STILTON
AVENTURERA Y DECIDIDA,
ENVIADA ESPECIAL DE *EL ECO DEL ROEDOR*

TRAMPITA STILTON
TRAVIESO Y BURLÓN,
PRIMO DE GERONIMO

BENJAMÍN STILTON
SIMPÁTICO Y AFECTUOSO,
SOBRINO DE GERONIMO

Geronimo Stilton

CUATRO RATONES EN LA SELVA NEGRA

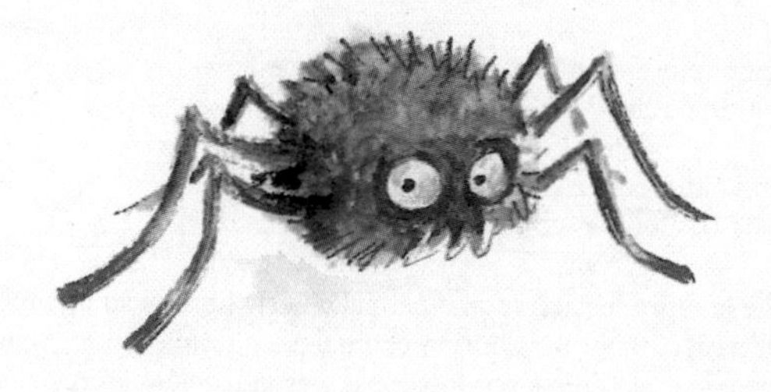

DESTINO

Obra editada en colaboración con Editorial Planeta - España

Título original: *Quattro topi nella Giungla Nera*
Traducción de Manuel Manzano

Textos de Geronimo Stilton
Ilustraciones de Larry Keys, Chiara Sacchi, Flavio Ferron y Silvia Bigoliu
Diseño gráfico de Merenguita Gingermouse
Portada de Larry Keys

Bajo el sello editorial DESTINO M.R.
Avenida Presidente Masarik núm. 111, 2o. piso
Colonia Chapultepec Morales
C.P. 11570 México, D.F.
www.editorialplaneta.com.mx

Primera edición impresa en España: septiembre de 2004
ISBN: 978-84-08-05280-7

Primera edición impresa en México: marzo de 2011
ISBN: 978-607-07-0668-4

Impreso en los talleres de Litográfica Cozuga, S.A. de C.V.
Av. Tlatilco núm. 78, colonia Tlatilco, México, D.F.
Impreso en México – *Printed in Mexico*

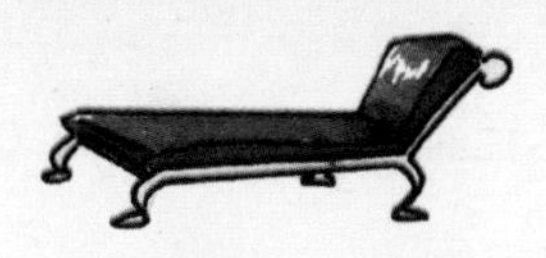

DOCTOR RATENSTEIN, ¿ES GRAVE?

Tumbado en el diván del psicoanalista, miraba el techo con los ojos en blanco.

—Doctor Ratenstein, ¿es grave?

Él exclamó con un extraño acento:

—*Díkame, ¿kómo* ha empezado todo esto? ¿*Kuándo*?

—Al principio sólo tenía *miedo a ir al dentista...*, después he empezado a tener *miedo de entrar en* LOS ELEVADORES..., luego vino el *miedo a subirme en los aviones...*, a continuación *fueron las arañas...*, después *las serpientes...*, ¡después vino el *miedo a los espacios cerrados y a las multitudes*! Luego *miedo a los ladrones..., a la oscuridad...*, y ahora *también a las enfermedades...*

Ah, a propósito, doctor Ratenstein, ¡también *tengo miedo a los gatos*!

Él, impaciente, hizo un gesto con la pata:

—¡Usted es un ratón, es normal *ke* tenga miedo a los gatos!

—Doctor Ratenstein, dígame, ¿es un caso grave? —**EXCLAMÉ DESESPERADO**.

Él meneó la cabeza solemnemente:

—Bueno..., puede ser un *kaso grafe*... pero puede no ser un *kaso grafe*... ¡depende sólo de usted!

Yo insistí preocupado:

—¿El tratamiento será largo?

Él murmuró:

—Bueno..., puede ser un tratamiento largo... pero puede no ser un tratamiento largo... ¡depende sólo de usted!

Yo continué, cada vez más confuso:

—Ejem, disculpe que se lo pregunte, pero... ¿será muy caro?

Él sonrió:

—Bueno..., puede ser *kostoso*... pero puede no ser *kostoso*... ¡depende sólo de usted! —Entonces concluyó severo—: *Rekuerde*, ¡depende sólo de usted! ¡Usted *defe kolaborar*! ¡*Defe* **AFRONTAR SUS FOBIAS**, es decir, sus **MIEDOS**! ¡De otro modo, no se *kurará* nunca! Venga el próximo *miérkoles* de *nuefo*. Son *kinientos* billetes, por *fafor*.

Salí de la consulta del doctor Ratenstein sintiéndome más *aliviado*... pero ¡sólo en el sentido de que mi cartera estaba ahora mucho más *ligera*!

Pobre de mí, el doctor Ratenstein era el más famoso **PSICOANALISTA** de Ratonia: si decía que curarse dependía de uno mismo es que era cierto... pero ¡eso no me consolaba en absoluto!

Salí de la consulta del doctor Ratenstein con la cartera mucho más ligera...

¿DÓNDE TE HAS METIDO?

A la mañana siguiente no salí de casa.

Al día siguiente tampoco.

La mañana del tercer día me lo confesé a mí mismo: pobre de mí, había empeorado, ¡ahora incluso tenía **MIEDO** a salir de casa!

La mañana del cuarto día SONÓ el teléfono.

Murmuré:

—¿Diga? Aquí Stilton, *Geronimo Stilton*.

Al teléfono estaba mi hermana Tea, la enviada especial de mi periódico.

Ah, ¿todavía no se los he dicho?

Yo soy un ratón editor. Dirijo *El Eco del Roedor,* ¡el periódico más famoso de la Isla de los Ratones!

—¡Geronimo! **¿Dónde te has metido?** ¡Hace tres días que no te veo por la oficina! —exclamó Tea—. ¿Has olvidado que tienes que firmar tres contratos, aprobar cuatro portadas, asistir a tres entrevistas en la televisión y dar seis conferencias en el *Gremio de Prensa*? ¿Desde cuándo te permites estas vacaciones fuera de programa?

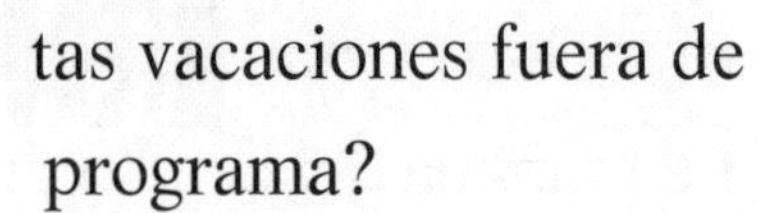

Yo intenté explicarme:

—Ejem, es que no me sentía demasiado bien; mañana, sin embargo, voy seguro...

TODO EN TREINTA SEGUNDOS

Al día siguiente reuní fuerzas y me esforcé por salir de casa.

Bajé por la escalera (ni hablar de tomar el ascensor, ¡BRRR!), después, con mucha cautela, entreabrí la puerta de la calle y saqué la nariz fuera. El ruido del tráfico me hizo estremecer. Respiré hondo, hice acopio de todo mi coraje. Puse una pata en la banqueta. No pasó nada. Confiado, pensé:

-¡LO HE CONSEGUIDO! ¡QUÉ CONTENTO ESTOY!

¿Por qué tenía tanto miedo a salir de casa? ¡Bah!

Fui a comprar el periódico al puesto.

1. Apenas empecé a leer las noticias...

2. ¡Me cayó en la cabeza una maceta de geranios desde un quinto piso!

3. ¡Choqué contra un farol!

4. ¡Tropecé con la tapa de una alcantarilla!

5. ¡Me caí de narices sobre el asfalto como un bobo!

6. ¡Intenté levantarme pero un taxi me pisó la cola!

7. ¡Y en ese mismo instante una paloma me soltó un... *regalito* sobre la nariz!

Y todo esto en apenas treinta segundos.

—¡Socorrooooooooo! —grité desesperado.

Me volví a casa corriendo.

—Tenía razón, ¡salir de casa es peligroso! ¡MUY PELIGROSO! ¡De aquí no salgo más! —concluí cerrando la puerta de mi vivienda con trece cerrojos.

¡NADA DE INYECCIONES!

Al sexto día llamó mi hermana Tea.

Aunque era domingo, ella estaba en la oficina.

—¡Geronimo! ¿Cómo estás?

Yo murmuré:

—Ejem, estoy un poco resfriado... —Y fingí un estornudo—: ¡Achú!

Mi hermana exclamó:

—Entonces te acompaño al médico. Te dará un remedio, ¡quizá una inyección!

—¡Nooooo! —chillé aterrorizado—. ¡Nada de inyecciones! ¡Ya se me está pasando!

Tea (suspicaz por naturaleza) refunfuñó:

—Me han dicho que has ido a ver al doctor Ratenstein. ¿Por qué, Geronimo?

—¡Geronimo! ¿Cómo estás?

No pude fingir.

—Sí, en efecto, tengo un problemita, bueno, quiero decir... problemitas...

—¿Problemitas? ¡Dime, quizá pueda ayudarte!

De fondo oí una voz decidida que decía:

—¿Geronimo tiene un problema?

La reconocí, era la voz de mi primo Trampita. ¿Lo conocen? Es ropavejero, y propietario del Bazar de la Pulga Coja.

También oí la voz de Benjamín, mi sobrinito preferido:

—¿Qué le pasa a tío Geronimo? ¿Me lo pasas, así lo saludo?

Mi hermana exclamó:

—Geronimo, pongo el altavoz y así podemos hablar todos a la vez.

Empecé, titubeante:

—Ejem, he ido a la consulta del doctor Ratenstein, un *psicoanalista*, ¡porque tengo miedo a volar, miedo a la oscuridad, miedo a salir de casa! En definitiva, ¡le tengo miedo a todo!

—¿Y qué te ha dicho el psicoanalista? —preguntó Trampita.

—Me ha dicho que para curarme debo enfrentarme a todas mis *fobias*.

—¿Novias? ¿Qué novias? ¿Tú tienes novias?

¡Carta para el señor Stilton!

Media hora después oí sonar el timbre.

Decidí no abrir.

Pero el timbre siguió sonando.

Desde fuera una voz exclamó:

—¡Carta para el señor Stilton!

No respondí.

La vocecita insistió:

—¡Tengo un paquete muy bonito para el señor Stilton!

Me picó la

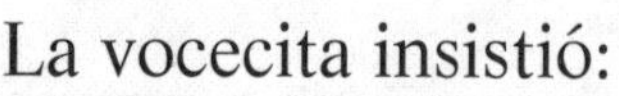

.

Me acerqué a la puerta.

La vocecita dijo:

—En mi opinión, debe de ser una cajita de bombones al queso... ¡sí, sí, sí, por el aroma que desprende se diría que son bombones al queso!

¡Se me estaba haciendo agua la boca!

La vocecita continuó:

—¡Ah, qué afortunado es el señor Stilton por recibir cosas tan ricas por correo! Ahora yo me voy, me alejo, y dejó aquí el PAQUETE... ya está, me estoy alejando, bajo la escalera..., ya estoy lejísimos...

Esperé unos minutos, sólo por seguridad. Entonces tomé la llave, la metí en la cerradura y abrí la puerta con cautela.

Saqué la nariz fuera...

BOMBONES AL QUESO

Seis patas de tres roedores me levantaron en el aire y me metieron en un coche.

—¡Socorrooo! —grité—. ¡Esto es un secuestro!

¡El coche arrancó y partió **COMO UNA FLECHA**!

Al volante iba mi hermana Tea, sentado a su lado estaba Trampita, detrás, haciéndome compañía, mi sobrinito Benjamín.

—**¡TENGO MIEDO A SALIR DE CASA!** —chillé aterrorizado.

—¡Basta ya...! —exclamó mi primo—, ¡no pienses más en ello!

Después me metió en la boca un bombón al queso.

—¡Ten! ¡Así estarás un rato calladito!

¿SABEN LO QUE ES QUEJARSE DE LO LINDO?

Hubiera querido hacerlo, decir que no quería, que no quería en absoluto salir de mi casa, pero ¡tenía la boca llena!

¡Es que adoro los bombones al queso!

Trampita preguntaba alegre:

—Dime, primo, ¿qué prefieres?, ¿los bombones rellenos de gruyere, las galletitas de chocolate al parmesano... o ***las virutas de cacao al queso fresco***?

Sin darme tiempo a responder, me metió en la boca una trufa (un delicioso quesito de bola con triple ración de crema recubierto de trocitos de chocolate amargo).

—¿Te gusta éste? ¿Y éste? ¿Te gusta este otro, primo? —preguntaba Trampita, vaciando la caja de **bombones** y pastelitos de la mejor pastelería de Ratonia.

¡Empezaba a recobrar el buen humor!

Incluso Benjamín disfrutaba de los dulces gustoso:

—¡Mira, tío Geronimo, también hay *bizcochitos con queso fundido*! ¡Y virutas de *parmesano confitado*!

Después le ofreció una *bolacolate* (es decir, una bola de queso cubierta de chocolate) a mi hermana Tea, que conducía.

—¡Tía, pruébalo, es delicioso!

Los bombones eran tan buenos que los devoramos en un tiempo récord.

Masticando bombones

y charlando con mi sobrinito me olvidé de que el tiempo pasaba...

De repente, el coche se detuvo.

Me di cuenta de que estábamos en el aeropuerto...

¡Me da miedo la velocidad!

Me bajé del coche y me di cuenta de que estábamos en el aeropuerto.

—¿Por qué me han traído aquí?

—pregunté aterrorizado.

Mi primo Trampita me dio un codazo y me guiñó el ojo:

—¡Ahora viene lo bueno, *je je jeee*!

—¿Qué significa que ahora viene lo bueno? ¿Eh? —pregunté preocupado.

Aún no había tenido tiempo de protestar cuando Trampita ya me estaba empujando hacia un carrito para las maletas, exclamando:

—¡AHORA VIENE LO BUENOOOOOOO!

Luego me llevó a velocidad estratosférica a lo largo del pasillo central del aeropuerto.

—¡A un lado! ¡Quítense de en medio! ¡Yujuuuuuuuuu! ¡Adoro la velocidaaaaad! —gritaba feliz.

—¡Yo noooooo! —gritaba a mi vez aterrorizado.

¡Trampita se dirigió directo a la sala de abordar para Roedores VIP!

En la puerta apareció un ratoncita de pelaje rubio platino. Vestía un overol **VERDE CAMUFLAJE**, a la última moda.

Llevaba un **chaleco** de piel sintética de gato pardo. Calzaba **BOTAS ANUDADAS** de cuero dorado, con tachuelas de metal y punta de acero reforzado. En el cuello, un COLLAR DE DIENTES DE TIBURÓN.

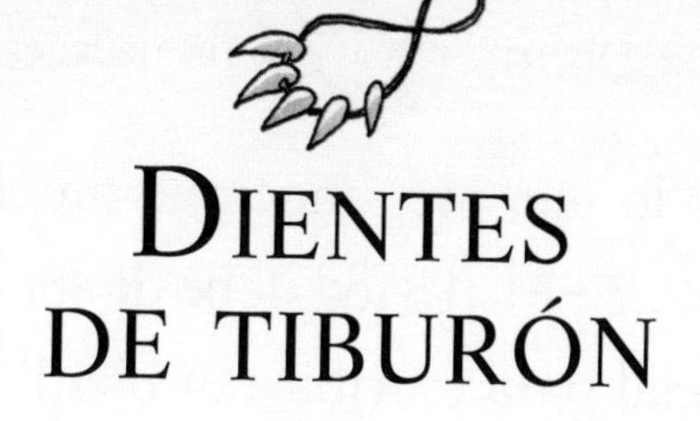

DIENTES DE TIBURÓN

Trampita frenó de golpe justo delante de la desconocida. Ella exclamó, sorprendida, acariciándose el collar de dientes de tiburón:

—Pero ¿usted no es el famoso escritor *Geronimo Stilton*? ¡Oh, qué emoción!

Yo me ruboricé hasta la punta de la nariz.

La desconocida preguntó con voz persuasiva:

—¿Me firma un autógrafo? ¿Sabe que he leído todos sus libros? Mi preferido es **El fantasma del metro** (lo he encontrado tan emocionante...), pero también me ha gustado muchísimo **EL MISTERIO DEL TESORO DESAPARECIDO**. ¡Qué conmovedora es la historia de amor entre Lupa y Pellizo!

Mientras lo leía me emocioné muchísimo...

SNIFFF SNIFFF

¡SNIF! ¡SNIFFF! ¡Usted debe de ser un ratón excepcional para escribir tan bien!

Yo estaba contentísimo de haber encontrado una admiradora tan entusiasta.

Estaba a punto de responderle (quería decirle algo brillante) cuando Trampita con un derrape aceleró de nuevo hacia el elevaador.

EL CARRITO ACELERÓ DE NUEVO HACIA EL ELEVADOR...

¡Me dan miedo los elevadores!

Mi primo me descargó del carrito y apretó el interruptor para llamar el elevador.

—¡Ea! ¡Ahora viene lo bueno!

Yo me levanté dolorido, ajustándome los lentes sobre la nariz. Al ver el elevador grité con todas mis fuerzas:

—¡No subo!

¡ME DA MIEDO ENTRAR EN LOS ELEVADORES!

Mi primo se rascó la oreja y refunfuñó:

—¡Basta ya! ¡No pienses en ello!

La puerta del elevador se abrió. Intenté escabullirme pero Trampita me puso la zancadilla y yo...

¡rodé dentro como un costal de quesos!

Mi primo entró en el èlevador exclamando triunfante:

—¡Ya está! ¡Hecho!

Como en una pesadilla, vi cómo se cerraban las puertas del elevador. ¡Nunca había conseguido resistirlo!

Sentía mi respiración acelerándose, me faltaba el aire, me temblaba la cola, los bigotes se me perlaban de sudor cuando...

... ¡cuando Trampita me pisó una pata!

Solté un grito.

¡Qué dolor!

Me dolía tanto que me olvidé de que estaba dentro de un elevador. Finalmente las puertas se abrieron.

Mi primo concluyó, satisfecho:

—¿Has visto? ¡Basta con no pensar!

¡Mi primo me pisó una pata!

¡ME DA MIEDO VOLAR!

Estaba harto de aquella payasada.

—¡BASTAAA! ¡Quiero que me dejen en paz! ¡Llévenme a mi casa!

¡ME DA MIEDO IR EN AVIÓN!

En aquel instante Trampita me murmuró al oído, insinuante:

—¡Mira, primo!

Y me señaló a la chica fascinante que nos habíamos encontrado antes.

Ella se acercaba al mostrador del *check-in* (el mostrador donde se asignan los asientos y donde se consignan las maletas que se cargarán en el avión).

La sobrecargo le estaba indicando el asiento del avión.

Mi primo exclamó:

—¡Yo tengo los boletos! ¡Voy al mostrador del *check-in*!

Silbando, se dirigió hacia el mostrador de la compañía aérea RATAIR.

Al poco rato volvió agitando en el aire los boletos.

Mi primo me explicó:

—Entonces... Tea, Benjamín y yo, vamos en la cola del avión. Tú, en cambio, Geronimo, estás en el asiento 11B.

Yo protesté:

—Pero ¿por qué me dejan solo? ¡Me da miedo volar!

En aquel instante oí una vocecita detrás de mí: ¡era la fascinante desconocida!

—Oh, ¿usted tiene el asiento 11B? Pues entonces nos sentamos juntos: ¡yo tengo el asiento 11A! ¡Qué suerte! ¡Qué afortunada coincidencia! ¡Haremos el viaje juntos!

Trampita me dio un codazo y murmuró:

—¡Pssst, eres el mismo afortunado de siempre, primo!

Yo me ruboricé.

Me agradaba la idea de pasar unas horas sentado al lado de una admiradora.

Le susurré a mi primo:

—A propósito, ¿adónde vamos?

Él balbuceó evasivo:

—Oh, vamos a un lugar bellísimo...

—Sí, pero ¿adónde? —insistí yo.

—Ejem, a la **SELVA NEGRA**...

Quería pedirle explicaciones, pero justo en aquel instante fue anunciado nuestro vuelo.

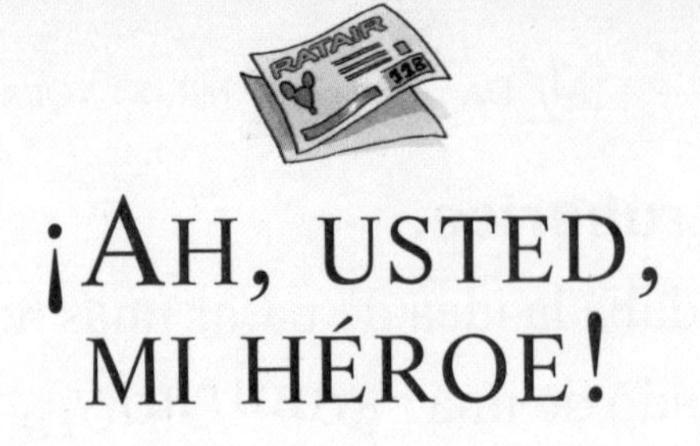

¡AH, USTED, MI HÉROE!

La desconocida y yo subimos juntos al avión. Tea, Trampita y Benjamín estaban sentados en la cola. Benjamín me saludó con la pata:

—¡Hasta luego, tío! ¡Nos vemos al llegar!

Mi admiradora dijo:

—¡Qué honor estar sentada al lado de mi héroe! ¡Usted, en mi opinión, es el autor vivo más importante! ¡USTED ES UN GENIO! ¡Ah, sus libros han cambiado mi vida!

Me sentía tan halagado que ni siquiera me di cuenta del despegue.

Charlamos placenteramente durante horas. ¡Estaba tan absorto en la interesante conversación con aquella desconocida que olvidé por completo mi miedo a volar!

Mi primo Trampita me gritó con un megáfono, asustando a todos los pasajeros:

—¿Has visto? ¡Basta con no pensar en ello!

Con una firmita basta

Al aterrizar, la desconocida murmuró:

—Oh, qué despistada... aún no me he presentado. ¡Me llamo **ARSENIA ARSÉNIKA**! ¿No quiere saber qué voy a hacer en el Río Mosquito, en la Selva Negra?

—Ejem, de hecho, me lo estaba preguntando, pero ¡no quería parecer indiscreto!

Ella sonrió y me susurró:

—Se lo diré sólo a usted. Me he inscrito en un curso interesantísimo, exclusivo para **ROEDORES SELECTOS**...

SELVA NEGRA

Como si se le hubiese ocurrido una idea de repente, me propuso:

—¡Oh, qué idea! ¿Por qué no viene usted también? ¡Puedo conseguirle un lugar!

No sabía qué responderle.

—Ejem, viajo con mi familia, no sé exactamente adónde me llevan, es decir, adónde voy... y, por cierto, ¿de qué curso se trata?

Ella exclamó:

—¡OH, ¡QUÉ SUERTE! ¡QUÉ AFORTUNADA COINCIDENCIA! Tengo aquí el folleto de inscripción: ¡con una firmita basta!

—Ejem, ¿de qué se trata? —insistí yo.

Ella, en vez de responder, me tendió el papel y el bolígrafo.

—¡Firme! ¡Verá cómo nos divertimos! Sería una verdadera pena que no nos volviéramos a ver nunca más, ¿no cree? —exclamó lánguida la desconocida, lanzándome una seductora mirada con sus ojazos de largas pestañas.

—Ejem, la verdad, yo...

—Confíe en mí. Verá cómo le hace bien: ¡se sentirá otro!

Imaginé (quién sabe por qué) que se trataría... ¿de un curso intensivo de yoga, ¿quizá?

Pregunté:

—¿Seguro que será relajante? ¿Que me hará bien a los nervios?

Ella respondió con seguridad:

—Le garantizo que le hará bien, muy bien...

Me dejé convencer.

Y... ¡firmé!

Cuando le devolví el papel, me pareció, pero sólo por un instante, que sonreía.

¡Humm, qué extraño!

Luego exclamó:

—¡Ahora viene lo bueno!...

Yo estaba perplejo: había oído ya antes esa frase, pero ¿a quién? ¿A quién?

Justo en aquel instante se abrió la puerta del avión... y los pasajeros empezaron a descender.

—AHORA VIENE LO BUENO...

¡HAS FIRMADO, STILTON!

Bajé del avión.

Me acerqué a mi hermana Tea para presentarle a mi admiradora.

Dije, sonriendo:

—Tea, te presento a la señorita **ARSENIA ARSÉNIKA**, ¡una simpática admiradora mía que conoce todos mis libros!

Mi hermana ni siquiera me escuchó, y le preguntó a Arsenia, ansiosa:

—Entonces, *¿ha firmado?*

Arsenia se rió bajo los bigotes:

—¡Sí, *ha firmado*!

Trampita, Tea y Benjamín intercambiaron una mirada de complicidad que no me gustó nada.

Murmuraron entre ellos, en tono misterioso:
—Ah, bien, muy bien, *ha firmado...*
—¿*Quién* ha firmado? —pregunté alarmado—. ¿*Qué* ha firmado?
Tea, Trampita y Benjamín, en vez de responderme, se dieron media vuelta y miraron a Arsenia Arsénika, que gritó a pleno pulmón...

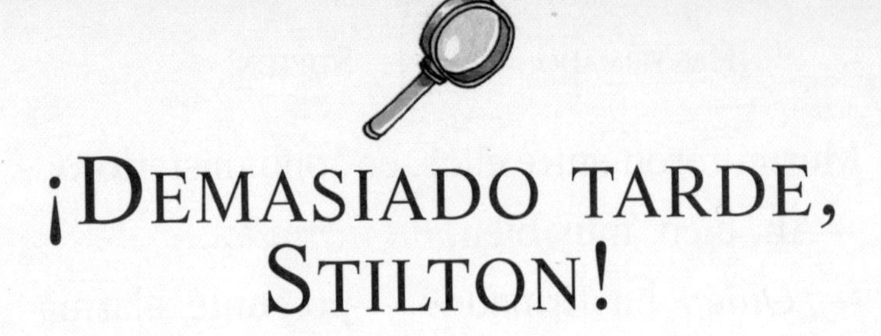

¡Demasiado tarde, Stilton!

—¡No entiendo nada! —protesté.

Ella me hizo callar.

De repente había cambiado el tono de voz: ¡qué agresiva se había vuelto!

—¡No hace falta que entiendas nada, Stilton! Haz lo que te digo sin protestar. ¡Súbete al jeep!

Entonces señaló un TODOTERRENO AMARILLO estacionado junto al aeropuerto: parecía estar esperándonos. Yo protesté:

—¡No voy a ninguna parte si no quiero!

Ella sonrió enseñando los colmillos y me agitó en las narices el papel que yo había firmado.

—¡Demasiado tarde, Stilton! ¡Ya has firmado!

ESCUELA DE SUPERVIVENCIA «HASTA EL ÚLTIMO BIGOTE»

Sendero del Escorpión, 115
Río Mosquito - Selva Negra

Yo, el que suscribe, acepta participar en el curso de supervivencia de la escuela *Hasta el último bigote*. El curso tendrá una duración de siete días (a partir de la fecha de hoy) y será impartido en la Selva Negra, en el Río Mosquito.

Firmando este documento acepto obedecer **sin discutir** todas las órdenes de la señorita Arsenia Arsénika a lo largo de toda la duración del curso.

Si me negara a participar en el curso o si no obedeciera las órdenes de la señorita Arsenia Arsénika, me comprometo a pagar una penalización de ***10,000,000*** de pesos.

Firma:

Geronimo Stilton

Agarré el papel y leí el encabezado:

ESCUELA DE SUPERVIVENCIA «HASTA EL ÚLTIMO BIGOTE»

Protesté:

—¿Qué? Pero ¡esto es un engaño!

Arsenia sonrió con sorna.

—¡Ésta es la primera lección, Stilton! No confíes nunca en nada ni en nadie. ¡Y ahora súbete al jeep, Stilton!

Yo me rebelé.

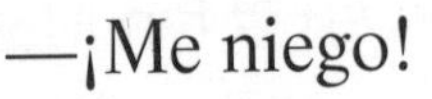

—¡Me niego!

—¡Sube, Stilton! —ordenó Arsenia.

Entonces me tendió una lupa.

—¿Es que no has leído la última línea? Está escrito en letra pequeña, Stilton...

Leí en voz alta, incrédulo:

—«Si me negara a participar en el curso o si no obedeciera las órdenes de la señorita Arsenia Arsénika, me comprometo a pagar una penalización de **10,000,000** de pesos...» Pero ¡eso es una suma enorme! ¡No sabría de dónde sacarla! ¡No la tengo!

Ella soltó una carcajada:

—Exacto, Stilton. Es una cifra tan alta que estás *obligado* a participar en el curso, ¿verdad, Stilton? Y ahora...

¡Te voy a poner firmes, Stilton!

Abatido, derrotado, me dirigí hacia el jeep.

Le murmuré a Benjamín:

—¿También tú me has traicionado? No me lo esperaba de ti...

Benjamín me miraba con lágrimas en los ojos.

—¡Tío, es por tu bien, de verdad!

—Un día se lo agradecerás, Geronimo —dijo Tea en tono solemne.

Trampita me guiñó el ojo:

—¡Primo, verás qué rápido pasa una semana!

Arsenia les gritó a mis parientes:

—¡No se preocupen que yo lo pondré firmes!

Después se volvió hacia mí y aulló:

¡Me dan miedo los insectos!

El jeep se dirigió hacia una calle pavimentada, prosiguió por una pista de tierra batida, y finalmente se metió por un sendero de FANGO. El clima en la Selva Negra era bochornoso: enjambres de mosquitos me atormentaban la cola y las orejas.

¿Y si me transmitían una enfermedad rara?

¡ME DAN MIEDO LAS ENFERMEDADES!

Avanzada la noche llegamos al **Campo 1**, un lúgubre edificio que parecía un cuartel, en medio de una explanada circundada por árboles altísimos.

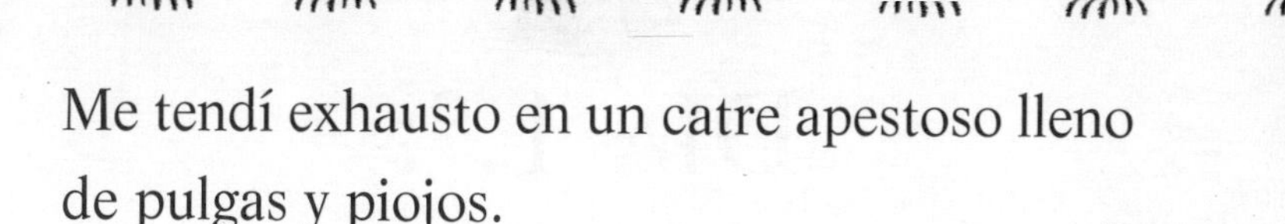

Me tendí exhausto en un catre apestoso lleno de pulgas y piojos.

¡ME DAN MIEDO LOS INSECTOS!

Pero estaba agotado y me dormí vestido.

Soñé que mi primo me decía:

—¿Has visto? ¡Basta con no pensar en ello!

Día 1.º: LUNES

El lunes por la mañana, al alba, Arsenia me despertó echándome una cubeta de agua helada encima mientras gritaba:

—¡**TODO EL MUNDO DE PIE!**

Descubrí que no era el único desventurado que participaba en el curso: había otros cuatro roedores que, como yo, se habían inscrito en el curso de la Selva Negra.

Resignado, me puse un uniforme de camuflaje. Intenté dejarme puesta la camiseta interior que llevo siempre, incluso en verano, porque...

¡ME DAN MIEDOO LOS RESFRIADOS!

Arsenia, sin embargo, me descubrió y gritó a pleno pulmón:

—¡UN RATÓN DE VERDAD NO LLEVA...

JUEGO PARA RATONES DE VERDAD

ENCUENTRA LA PRENDA QUE UN RATÓN DE VERDAD NUNCA SE PONE

SOLUCIÓN:

LA PRENDA QUE UN RATÓN DE VERDAD NUNCA SE PONE ES LA CAMISETA INTERIOR (N.° 2)

CAMISETA INTERIOR!

Me esperaba otra amarga sorpresa: ¡una mochila gigantesca!

Arsenia cargó con una igual, pero parecía que a ella no le pesaba.

Gritó:

—¡**TODO EL MUNDO EN FILA!**

Abandonamos el **Campo 1**.

Iniciamos la marcha...

Me presenté a mis compañeros.

—Buenos días a todos, soy un ratón editor, mi nombre es Stilton, *¡Geronimo Stilton!*

Un tipo con aire deportivo balbuceó:

—¡UMPF! Yo soy **BALACLAVO CALATRAVO**, ¡**B.C.** para los amigos! ¡Soy profesor de karate!

B.C. llevaba el pelaje cortísimo, rapado con navaja.

BALACLAVO CALATRAVO, ¡**B.C.** para los amigos!

El segundo participante era un roedor más ancho que alto, de expresión simpática. Me estrechó la pata.

—Mucho gusto, yo soy BAMBO BALONCETE, pero me llaman BALÓN —exclamó amigable.

¡Balón me confesó que **era un mayorista de golosinas de queso**!

Murmuró comprensivo:

—También tú lo has firmado sin leerlo antes, ¿verdad? Yo estaba convencido de que me estaba apuntando a un curso para adelgazar sin sufrir. Nadie me había dicho que debería correr cuarenta kilómetros al día con este tremendo calor...

BAMBO BALONCETE,
BALÓN para los amigos

—¿Quequequé? —balbucí, tambaleándome bajo el peso de la mochila—. ¿Cuarenta kilómetros al día? Pero ¡yo no lo conseguiré nunca! ¡Nunca, nunca, nunca! ¡Soy un roedor de salud delicada!

Bambo susurró con aire conspirador:

—¡Tranquilo, Geronimo, no tengas miedo! Traigo algo para recuperar fuerzas, llevo la mochila repleta de **salchichón** (que está prohibidísimo por el reglamento). ¡Cuenta conmigo!

Crep Suzet

Después me fijé en una muchachita con coletas, de poco más de trece años:

—¡Hola, yo soy Crep Suzet!

Iba a decirme algo pero en ese instante se acercó Arsenia y se calló.

Me guiñó el ojo y me hizo un gesto como diciendo:

—¡Ya hablaremos después!

Luego se me acercó una viejecita.

Era pequeña y muy delgada, con el pelaje plateado. Llevaba lentes de acero y un sombrerito rosa con visera hecho *de ganchillo*.

Naftalina Alcanfor
Naf

Se presentó rápidamente como *Naftalina Alcanfor*, *Naf* para los amigos, jubilada y con afición a la aventura.

¡Para pagarse el curso en la Selva Negra había ahorrado la pensión de todo un año!

Partimos a las **cinco de la madrugada**.

¡A las cinco y cuarto ya tenía ampollas en los pies! Arsenia empezó a cantar a voz en cuello.

¡SOY UN RATÓN VALEROSO,

SOY UN RATÓN ANIMOSO!

¡DE NADA RECELO

Y QUIZÁ SOY UN POCO LELO!

¡EN LA SELVA Y EN EL DESIERTO

SOY UN RATÓN EXPERTO!

¡ESTE CURSO ES PERFECTO

Y PARA LOS LOCOS ES CORRECTO!

¡CÓMO ME GUSTA CANTAR,

CÓMO ME GUSTA MARCHAR,

CÓMO ME GUSTA SUDAR,

CÓMO ME GUSTA REVENTAR!

¡Ñac, ñac, ñac

Como me negué a entonar aquella cancioncilla demencial, Arsenia, riéndose con malicia, me agitó frente a las narices el contrato.

—¡Has firmado, Stilton! ¡Canta, Stilton! ¡Si no cantas, pagas, Stilton! —gritó azotándome la cola con el contrato enrollado.

Nos adentramos en el bosque repleto de árboles altos como edificios de cinco pisos. ¡Cuántos ojos brillaban en la oscuridad! ¿Y si eran bestias feroces escondidas tras la maleza?

Monos, papagayos (y quién sabe cuántos insectos y serpientes, brrr) poblaban aquella salvaje floresta tropical tan espesa que los rayos del sol no llegaban a penetrarla. Aquí y allí, por el suelo, vi huesecillos de animales... que crujían bajo nuestros pasos. ¡Brrrr! ¡Qué miedo!

MARCHAMOS... MARCHAMOS MARCHAMOS MARCHAMOS

¿Y después? Marchamos aún más.

No nos paramos ni siquiera para comer.

Arsenia nos alimentó a todos con un tremendo bocadillo relleno de crema de saltamontes, paté de araña y puré de hormigas y pulgas.

¿Y si eran... bestias feroces... en la maleza?

¡Brrrrrrr! ¡Brrrrrrr!

¡Brrrrrrr! ¡Cuántos...

¡Brrrrrrr! ...ojos...

¡Brrrrrrr! tras la maleza!

¡Brrrrrrr! ¡Brrrrrrr!

¡Brrrrrrr! ¡Brrrrrrr!

¿Quién sabe qué... o quién... se escondía... ¡Brrrrrrr! tras la maleza?

Sólo estaba permitida una pausa para hacer pipí (quince segundos exactos, cronometrados siempre por Arsenia).

¡Para otras emergencias debíamos presentar una *petición escrita*!

Yo protesté.

—¡Estamos cansados! ¿Por qué no paramos para descansar?

Arsenia me mandó callar:

—¡Ustedes los ratones de ciudad son unos blandengues! ¡Los voy a poner firmes!

Marchamos todo el día.

Cuando se hizo de noche, la Selva Negra se convirtió (si eso era posible) en ¡aún más **TERRORÍFICA**!

Las lianas pendían de los árboles ondeando al viento y proyectando sombras largas y aterradoras sobre los troncos.

Pájaros nocturnos intercambiaban extraños e inquietantes gorjeos en la oscuridad

¡ME DA MIEDO LA OSCURIDAD!

Tenía miedo, muuucho miedo, y además estaba cansado, muuuy cansado.

Finalmente, a medianoche, nos detuvimos en una explanada y nos recogimos en TORNO AL FUEGO.

—¡La sopa está lista! —nos gritó Arsenia golpeando en la tapa de una sopera con un cucharón de metal.

Yo estaba hambriento.

Agarré mi plato...

Tragué una cucharada de un denso líquido rojizo, pero la escupí de inmediato.

—¡¡¡Puaj!!! ¿Qué es esto?

Arsenia soltó una carcajada:

—¡Es sopa de hormigas rojas!

Yo grité:

—¡Me niego a comérmela!

—¡CALLA Y COME, STILTON!

Los cinco intercambiamos una mirada apesadumbrada. Me fijé en que Bambo, pobrecito, tenía lágrimas en los ojos; no se atrevía a echar mano a las provisiones de su mochila porque Arsenia no le quitaba el ojo.

Empezamos todos a comer con un hambre felina.

Frente al fuego nos confiamos nuestros miedos, nuestras esperanzas, y eso nos reconfortó. Pero yo estaba tan cansado que caí dormido con la nariz dentro del plato.

¡CAÍ DORMIDO!

Caí dormido con la nariz dentro del plato...

DÍA 2.º: MARTES

A la mañana siguiente, Arsenia nos despertó de nuevo al alba con una cubeta de agua fría.

—**¡TODO EL MUNDO DE PIE!**

Tras el desayuno (asado de escarabajos y licuado de mosquitos) reemprendimos la marcha. Sólo nos detuvimos a mediodía, cuando Arsenia nos dio un curso acelerado de primeros auxilios: nos enseñó también cómo practicar la respiración artificial.

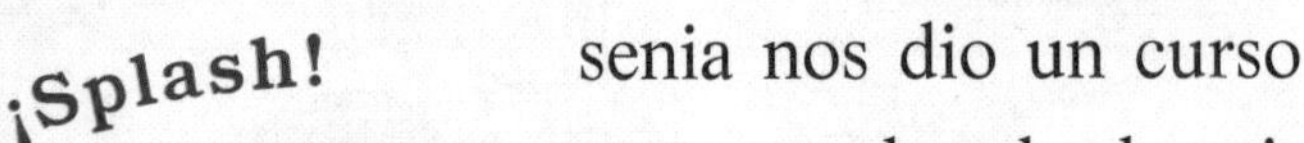

El almuerzo consistía en albondiguillas de caracoles. Bambo las engulló y después se escondió tras unas matas a DEVORAR una enorme torta rellena, pero Arsenia lo descubrió y le decomisó la mochila.

Sacó todas sus provisiones y las tiró al río. Bambo sollozó:

-¡QUIERO VOLVER A CASA!

Arsenia le agitó el contrato frente a las narices.

—¡Demasiado tarde, has firmado, blandengue!

Él le arrebató el contrato y se lo comió de un par de mordiscos.

—¡Se acabó! —exclamó satisfecho—. ¡Ya no hay contrato!

Ella soltó una carcajada, sacando de la mochila un contrato exactamente igual al primero.

—¡Era sólo una fotocopia, blandengue! ¡El original está en una caja fuerte en mi oficina!

Bambo estaba a punto de echarse a llorar, pero yo le murmuré al oído:

—¡Toma, te cedo mi ración de albondiguillas de caracoles! Yo me saltaré la comida.

Él me lo agradeció con lágrimas en los ojos, y devoró las albondiguillas:

—¡Geronimo, eres un amigo de verdad! ¡Nunca lo olvidaré!

Después de comer reemprendimos la marcha.

—¡Y ahora! —anunció Arsenia—, ¡atravesaremos el Río Mosquito!

Pusimos los ojos en blanco. Las aguas del río descendían rápido hacia el valle, transportando troncos y despojos, arrastrándolo todo a su paso.

—¡Tengo miedo! —murmuré.

—¡TENGO MIEDO AL AGUA!

Debajo de nosotros, el Río Mosquito tronaba impetuoso. Tenía un miedo felino.

Empezamos a atravesar el río agarrados a una cuerda extendida de una orilla a la otra...

En un momento dado, Bambo estalló en lágrimas:

—¡Me da vueltas la cabeza de hambre! ¡No lo conseguiré! ¡Me caigo!

—¡Resiste, Bambo! —grité, pero él soltó la cuerda y se precipitó al Río Mosquito.

Yo me lancé para socorrerlo.

La corriente lo estaba arrastrando y tenía ya la nariz bajo el agua cuando conseguí aferrarlo por la cola.

Lo arrastré hasta la orilla y le hice la respiración artificial.

—¡Gracias! ¡Me has salvado la vida! —murmuró Bambo, escupiendo agua.

Me di cuenta con estupor de una cosa:

¡ya no me daba miedo el agua!

Arsenia me felicitó:

—¡Bravo, estás aprendiendo, Stilton! Qué pena que el curso sólo dure una semana: ¡en seis meses haría de ti un ratón de verdad!

Día 3.º: MIÉRCOLES

—¡Hoy, día de descanso! —gritó Arsenia despertándonos (siempre al alba) con la habitual cubeta (siempre de agua helada)—. *Descansarán* (si puede decirse así) construyendo una casa sobre un árbol. Stilton, ¡tú serás el primero en subir a ese árbol de ahí!

Y señaló un árbol altísimo.

YO SENTÍ QUE ME DESMAYABA.

Murmuré aterrorizado:

—¡Sufro de vértigo!

¡ME DA MIEDO LA ALTURA!

En aquel instante, una patita se me posó en el hombro. Era Crep Suzet.

Susurró:

—¡Coraje! ¡Yo te ayudaré! Soy una amiga de **Pinky Pick**. En cuanto ha sabido que tu familia quería inscribirte en un curso de supervivencia me ha mandado aquí en secreto para ayudarte. ¡Toma, ésta es una carta para ti de parte de Pinky!

Pinky Pick

Ayudante editorial del Jefe

JEFE:

Confía en Crep Suzet, es mi mejor amiga.
Crep es una veterana de las *girl scouts* y te ayudará a volver vivo a Ratonia.
¡Jefe, resiste!
¡Coraje!

Pinky Pick

P.D. ... entonces, ¿me he ganado la nueva computadora rosa?

El Eco del Roedor — Calle del Tortelini, 13
13131 Ratonia (Isla de los Ratones)

www.geronimostilton.com

Abrí el sobre rosa.

¿Saben quién es Pinky Pick? Es mi jovencísima ayudante editorial.

¡Si quieren saber más, lean el libro *Mi nombre es Stilton, Geronimo Stilton*!

Crep me guiñó el ojo.

—¡Jefe, confía en mí, haz todo lo que te diga!

Luego le gritó a Arsenia:

—¡Pido permiso para subir a la secuoya con Geronimo Stilton!

Arsenia nos miró con suspicacia a los dos, intentando descubrir el verdadero motivo de la petición. Asintió pensativa y dijo:

—¿Por qué no?

Crep murmuró:

—¡Todo irá bien, jefe!

Empezamos a trepar lentamente.

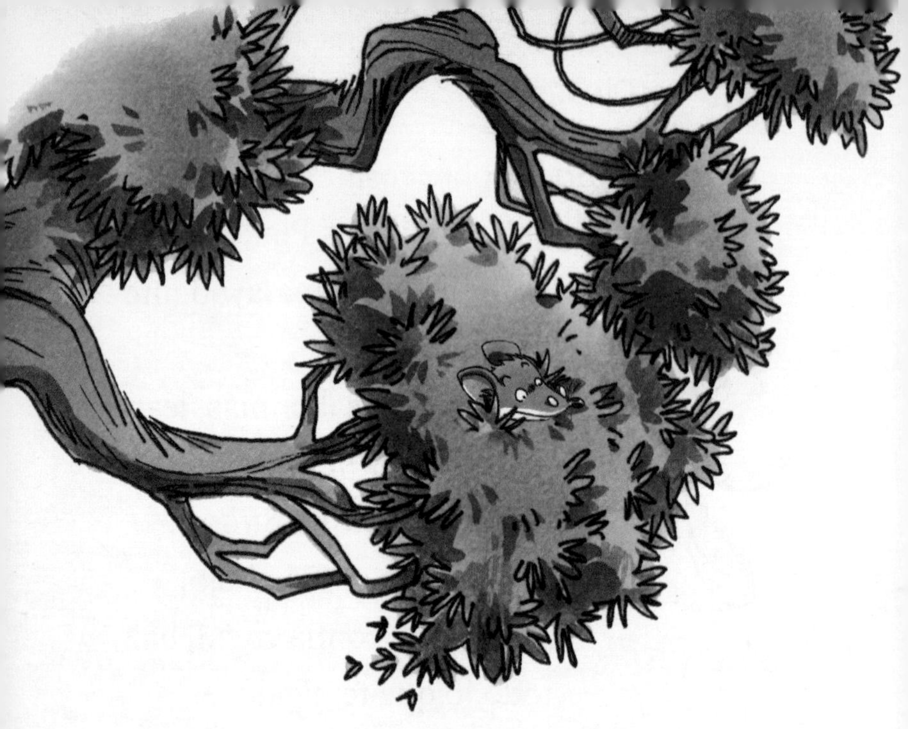

—¡No mires hacia abajo! ¡Por ninguna razón debes mirar hacia abajo! —repetía Crep decidida.

Finalmente alcanzamos una rama amplia y repleta de hojas.

—Ésta es nuestra rama: es bastante grande como para construir el refugio y para resistir el peso de todos —exclamó Crep con aire experto.

Me asomé y miré hacia abajo. ¡Qué vértigo! ¡Qué vértigo! ¡Qué vértigo!

Estaba a punto de caer al suelo cuando Crep me agarró por la cola.

—¡Te había dicho que no miraras hacia abajo, jefe!

Después gritó a los demás:

—¡Ahora les lanzamos la cuerda!

Crep construyó una especie de montacargas, con el que izó hasta la rama los palos que nos servirían para construir la cabaña.

Al cabo del rato, me di cuenta de que la altura no me producía ya efecto alguno.

—¿Has visto, jefe? —me sonrió Crep—. ¡Lo has conseguido!

Mis amigos y yo trabajamos duramente hasta la noche. Cenamos paté de termitas y rollitos rellenos de orugas. Pasamos la noche en nuestra nueva casa sobre el árbol: estábamos muy satisfechos...

Finalmente, Arsenia nos dijo un cumplido:

—¡No está mal para unos novatos de ciudad!

Día 4.º: JUEVES

Tras el habitual despertar al alba (siempre con la habitual **cubeta de agua fría** en las narices) Arsenia anunció:

—¡Hoy aprenderán a orientarse!

Distribuyó a cada uno de nosotros un mapa geográfico de la Selva Negra y una brújula.

—Cada uno deberá alcanzar por sí solo (y repito, por sí solo) el **CAMPO 2** antes de la noche.

Me estremecí.

¡ME DA MIEDO QUEDARME SOLO EN LA SELVA!

No les diré qué efecto le hace a un ratón miedoso como yo encontrarse solo en la selva tropical. Me estremecía a cada ruido. En un momento dado noté algo **HÚMEDO**, **BLANDO** y **PELUDO** que me rozaba el cuello, y di un salto en el aire gritando:

—¡Socorroooo!

Solté un suspiro de alivio, era sólo una liana que pendía de un árbol.

Me hice de valor y observé el mapa. Empecé a razonar en voz alta para darme ánimos:

—¡Ya está, ejem, facilísimo, fácil como masticar un trozo de queso! Basta con observar bien la brújula... y buscar un punto de referencia en el paisaje. Así pues, ejem, empecemos por el principio, yo estoy aquí (o aquí) y debo ir allí (¿o quizás allá?, ejem, no me acuerdo) pasando por aquí

o quizá por allá, tengo que elegir (pero ¿por qué tengo que elegir, eh, por qué?).

Media hora más tarde me confesé a mí mismo, llorando:

—¡Por mil quesos de bola! ¡Me he perdido!

Vagué durante horas y horas por la Selva Negra.

De vez en cuando me paraba a llorar.

—Ah, ¿por qué firmé?

Después me enfurecía:

—Pero si vuelvo..., si vuelvo vivo..., ¡se las verán conmigo mis parientes!

De repente oí un ruido entre el follaje. Me quedé en silencio, alarmado, y me escondí. ¿Sería un felino? ¿Un *gato salvaje*? Agarré un palo grueso y me preparé para rompérselo en la cabezota.

—¡Venderé caro mi pelaje!

Entonces vi moverse una mata.

—¡Ya te daré yo, felino malvado! —grité golpeando con todas mis fuerzas.

DE REPENTE OÍ UN RUIDO ENTRE EL FOLLAJE.

Oí un grito de dolor: ¡era B.C.!

—¡Perdóname, Balaclavo! ¡Creía que era un felino!

Él se lamentaba:

—¡Ayayayayyyy!

Aunque le apliqué una compresa de hojas mojadas le brotó un bonito chipote en la frente. De todos modos, me sentía más tranquilo tras haber encontrado a Balaclavo, ¡que seguro sabía cómo llegar al **CAMPO 2**! Ejem, Arsenia había ordenado que llegáramos solos, pero ¡después de todo nos habíamos encontrado por casualidad!

Él refunfuñó:

—¡*Umpf*, pongámonos en marcha!

Con aire de experto observó la brújula, después el mapa, y entonces, en tono de superioridad, me señaló la dirección a seguir.

—*Umpf*, ¿ves qué fácil? Tenemos que ir ha-

cia el nordeste, luego ¡ésa es la dirección correcta, *umpf*! ¡La brújula no engaña!

Alentado, me apresuré a contestarle:

—¡Claro, claro, el nordeste está hacia allá! Claro, es obvio...

Iniciamos la marcha.

¡Marchamos durante **CINCO HORAS**!

En un momento dado pregunté, impaciente:

—Ejem, B. C., ¿estás seguro de que ésta es la dirección?

Él estalló:

—¡*Umpf*, la dirección es ésta! ¡Estoy segurísimo, *umpf*!

Después de dos horas más volví a preguntar:

—Ejem, B. C., ¿de verdad estás seguro de que ésta es la dirección?

Él refunfuñó, fastidiado:

—¡*Umpf*, la brújula no engaña! ¡No se puede equivocar, en absoluto, *umpf*!

Tras otra hora más, el sol empezó a ocultarse.

B. C. se detuvo y murmuró:

—¡*Umpf umpf umpf,* tengo que decirte algo...!

Entonces estalló en lágrimas:

—¡La brújula no se equivoca, pero yo sí! ¡Me he perdido!

Yo intenté consolarlo:

—¡Ánimo! Nos hemos perdido juntos, ¿no?

Las sombras de los árboles empezaban a alargarse mientras la visibilidad disminuía.

Tuve una idea: empecé a trepar.

—¡Subamos a esa secuoya! ¡Desde arriba quizá podamos ver el **CAMPO 2**!

B. C. se animó:

—¡*Umpf*! ¡Genial!

En seguida se entristeció:

—Pero ¡yo no puedo subir al árbol! ¡*Umpf*, aún me da vueltas la cabeza por el golpe! ¡Sólo tú puedes salvarme, Geronimo!

—¡Tranquilo, voy y vuelvo! —exclamé para tranquilizarlo.

Empecé a trepar.

¡Por mil quesos de bola! ¡Qué miedo!

Pero recordé el consejo de Crep Suzet.

Nunca mires hacia abajo.

Subí cada vez más alto.

Finalmente llegué hasta arriba. En la oscuridad se veían las luces del **CAMPO 2**. Grité a B.C.:

—¡Veo nuestro campamento! ¡Está allí!

¡Llegamos al **CAMPO 2** y por fin solté un suspiro de alivio!

Día 5.º: VIERNES

Arsenia **nos despertó al alba** (sí, lo han adivinado: con una cubeta de agua fría). Después del desayuno (licuado de despojos peludos y tortitas de termitas gigantes), nos dio una larga lección de técnicas de supervivencia.

—**¡LA SELVA ESTÁ LLENA DE PELIGROS!** ¡Deben estar atentos de en dónde meten las patas! Ahora les haré una demostración.

Entonces me dijo:

—**¡VEN AQUÍ, STILTON!** —Plantó una banderita roja en el suelo y ordenó—: **¡ESTATE QUIETO, STILTON!** —Yo estaba a punto de sentarme, cuando Arsenia gritó—: **¡NO TE SIENTES, STILTON!**

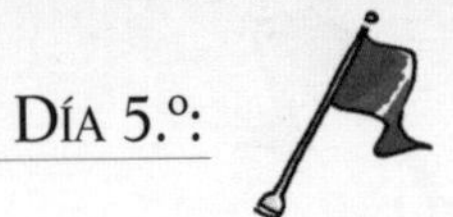

Levantó una hoja del suelo y yo puse los ojos en blanco: ¡debajo había un enorme escorpión!

—¡Si te hubieses sentado aquí, ahora serías un ratón muerto, Stilton!

Señaló el sendero.

—En la Selva Negra los peligros están por todas partes. ¡Ve al fondo del sendero, Stilton!

Me encaminé hacia allí. Aún no había dado dos pasos cuando un lazo oculto entre las matas me elevó por los aires. **¡Era una trampa!**

—¡Socorrooo! —apenas tuve tiempo de exclamar y ya estaba cabeza abajo.

Arsenia soltó una carcajada.

—¿Has visto, Stilton?

Con un machete cortó la cuerda que me tenía atrapado y me caí aplastándome las narices.

—¡Ayyyy! —me quejé.

Arsenia exclamó:

... ¡debajo había un enorme escorpión!

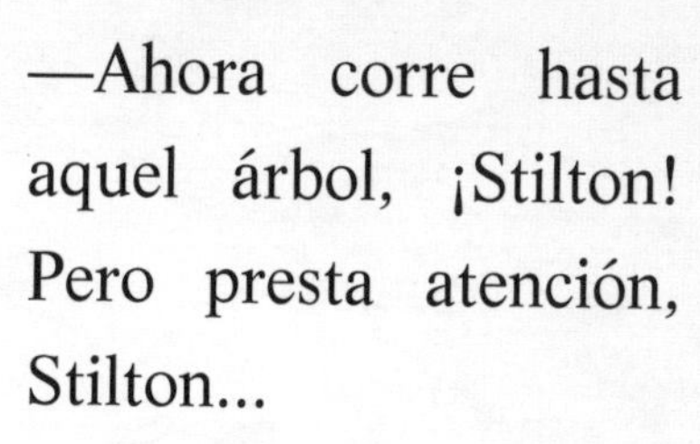

—Ahora corre hasta aquel árbol, ¡Stilton! Pero presta atención, Stilton...

Aún no había dado ni tres pasos... cuando me caí en un hoyo.

—¡AHHHHHH!

¡AHHHHHH!

Arsenia se asomó al hoyo.

—¿Aún estás vivo, Stilton? Nunca olvidarás esta lección, ¿verdad, Stilton?

Arsenia se asomó al hoyo...

Entonces se dirigió a mis compañeros:

—¡Y apuesto a que ustedes tampoco la olvidarán! ¡Espero que hayan aprendido algo de lo que le ha pasado a Stilton! Ahora, vamos.

Yo exclamé:

—¿Quequequé? ¿Me dejan aquí?

¡ME DAN MIEDO LOS ESPACIOS CERRADOS!

Arsenia se asomó al hoyo.

—¡PONTE CÓMODO, STILTON!

Esperé tres horas a que volvieran y me ayudaran a salir.

Para mí, que sufría de claustrofobia, estar en aquel hoyo oscuro y húmedo fue durísimo.

Sin embargo, sobreviví.

DÍA 6.º: SÁBADO

Arsenia despertó a mis compañeros al alba con la acostumbrada cubeta de agua helada. ¡Yo en cambio estaba despierto!

JE, JE, JE, JE, JE

Me había levantado cinco minutos antes a propósito, ¡precisamente para no darle a Arsenia aquella satisfacción! Ella sonrió:

—Estás mejorando, Stilton...

Después gritó:

—¡TODO EL MUNDO DE PIE!

Después del desayuno (un bocadillo de serpiente ahumada) nos reunió.

—Veamos, me sirve cualquiera que tenga miedo a las arañas..., ¿algún voluntario?

Yo intenté esconderme detrás de Balaclavo.

Ella gritó:

—Bueno, pues diré un nombre al azar: ¡Stilton!

Yo suspiré y di un paso al frente.

Arsenia cogió una cubeta llena de **arañas peludas** de largas patas. **¡BRRR!** ¡Se me erizaba el pelaje sólo de verlas!

Dijo:

—¡Recuerden que lo más importante de todo es mantener la calma! Por ninguna razón deben nunca dejarse vencer por el pánico. ¡Ahora, Stilton, cierra los ojos!

Yo cerré los ojos, temblando.

Noté que me estaba poniendo algo sobre la nariz.

¿Qué?

Arsenia murmuró:

—¡No te muevas, Stilton, si aprecias tu pellejo... quédate inmóvil!

Entreabrí los ojos:

¡TENÍA UNA ARAÑA ENORME EN LA PUNTA DE LA NARIZ!

Arsenia gritó:

—¡Stilton, mantén la posición durante diez segundos a partir de ahora! Diez, nueve, ocho, siete, seis, cinco...

ME TEMBLABAN LOS BIGOTES DE MIEDO.

Oí a mis cuatro amigos gritando para darme ánimos:

—¡Ánimo, Stilton, resiste, Stilton!

Se unieron a Arsenia para contar a coro:

—Cuatro, tres, dos, uno...

Crep Suzet, B. C., Naftalina y Bambo gritaron a la vez:

—¡Hurraaaaa por Stilton!

Con la pata temblorosa señalé la araña.

—Quítemela, por favor...

Arsenia cogió la araña... ¡y me la agitó frente a las narices!

—¡Era de plástico, Stilton!

Yo me desmayé. ¡Ella me reanimó con una cubeta de agua helada en las narices!

Arsenia continuó:

—Ahora necesito otro voluntario. ¡Naftalina!

Arsenia sacó una **enorme serpiente** verde de una jaula y se la enrolló con destreza.

—Ahora les enseñaré a distinguir las serpientes venenosas de las inocuas. Ésta —y señaló la serpiente— es absolutamente inocua. Naf, ¡atrápala al vuelo! —Y se la lanzó a Naftalina.

La viejecita (que estaba en forma, debo admitirlo) palideció, pero la atrapó al vuelo.

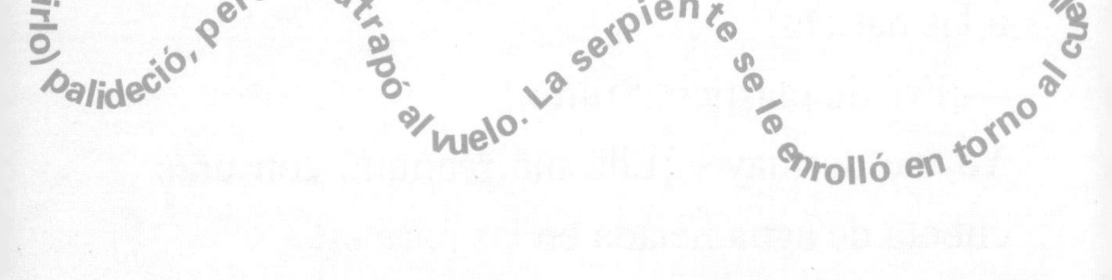

La serpiente se le enrolló en torno al cuello. Ella ni siquiera pestañeó, y gritó:

—¡Yuhuuu!

Todos aplaudieron.

Luego Arsenia cogió por la cola otro reptil y le dio vueltas en el aire.

—Éste es el método para atrapar una serpiente: ¡sujetarla por la cola! ¡Así no puede morderte!

Para demostrar que me había convertido en un ratón valiente, metí la pata en la jaula, tomé una serpiente que parecía similar a las otras y le di vueltas en el aire gritando:

—¡Eh, miren esto!

Arsenia palideció:

—¡***Te has equivocado de serpiente, Stilton!*** ¡Ésa es venenosa, Stilton!

—¡Socorro! ¿Qué debo hacer? —grité.

Ella ordenó:

—¡No pierdas la calma, Stilton! ¡Continúa dándole vueltas, Stilton!

Empecé a darle vueltas en el aire...

Sentí que me desmayaba, pero conseguí mantener la calma y continuar dándole vueltas.

Arsenia tocó en una flauta una música hipnotizadoraaaaaa...

La serpiente cerró los ojos y se adormeció. Entonces ella, ágil, la atrapó y la metió en la jaula.

Arsenia comentó:

—La próxima vez, antes de hacerte el gracioso, comprobarás si la serpiente es venenosa o no, ¿verdad, Stilton?

DÍA 7.º: DOMINGO

La noche del sábado marchamos sin parar ni un momento. La mañana del domingo, al alba, llegamos al **CAMPO 1**, el cuartel de cemen-

to armado en el que estábamos acampados una semana antes. Me parecía que había pasado una eternidad. **¡Cuántas cosas habíamos aprendido!**

El curso en la Selva Negra me había cambiado la vida de verdad.

Llegados al cuartel tomamos un desayuno a base de **escarabajos verdes fritos, asado de garrapatas y licuado de tábanos.**

Tras un baño (¡por fin!), me peiné los bigotes y me recompuse el pelaje:
finalmente tenía de nuevo un aspecto respetable.

Fui a saludar a mis cuatro nuevos amigos, intercambiamos direcciones y nos despedimos emocionados.

Bambo me abrazó:

—¡Gracias, Stilton! ¡Sin ti, ahora estaría en el fondo de un río! —Y prosiguió satisfecho—. Además, el curso ha funcionado: ¿has visto cómo he adelgazado?

Crep Suzet me guiñó el ojo.

—¡Ha sido un placer conocerte, jefe! ¡Le diré a Pinky que puede estar orgullosa de ti!

Balaclavo me estrechó la pata con un apretón enérgico:

—*Umpf*, Stilton, nos vemos en el próximo curso, ¿eh?

Yo exclamé, riendo bajo los bigotes:

—¡Claro! ¡Cómo no! ¡Seguro!

Naftalina me regaló una foto que me había sacado mientras hacía girar la serpiente en el aire.

—Es para ti, Stilton, así no te olvidarás nunca de este curso.

Yo meneé la cabeza.

—¡Imposible olvidarlo!

Los invité a todos a Ratonia:

—¡Vengan a verme, amigos! ¡Así recordaremos juntos esta experiencia única!

Por último saludé a Arsenia, que sonriendo murmuró:

—Te he enderezado, ¿eh, Stilton?

Yo le estreché la pata, demasiado emocionado para poder hablar. Me volví para irme.

Pero cuando ya estaba en la puerta me di la vuelta, respiré hondo, y grité:

—¡GRACIAS ARSENIA!

Vi que ella tenía los ojos húmedos. Para esconder la emoción (que seguro que consideraba una debilidad) murmuró:

—¡Largo de aquí, Stilton, antes de que te haga firmar la inscripción del próximo curso, el de la Montaña de los Glaciares!

Fuera del cuartel me esperaban Tea, Trampita y Benjamín.

Mi sobrinito murmuró:

—Tío Geronimo, ¿aún estás enfadado conmigo?

Yo lo abracé fuerte y le acaricié las orejitas con ternura.

—¡Claro que no, mi quesito de bola! ¡Te quiero mucho! ¡Siempre te querré mucho!

Después me volví a mi hermana Tea y a mi primo Trampita.

—Debo admitir que esta experiencia me ha sido beneficiosa. ¡Estoy curado!

El mismo todoterreno amarillo que me había llevado al **CAMPO 1** nos llevó al aeropuerto, donde tomamos un avión a Ratonia. Mientras volvíamos a casa pensé que además de vencer mis miedos, había encontrado también **cuatro** nuevos amigos. **Cuatro** ratones hallados en la Selva Negra, **cuatro** ratones con los que había compartido miedos y alegrías, momentos difíciles pero también grandes satisfacciones...

Había aprendido que cualquier problema es fácil de superar si se afronta en común.

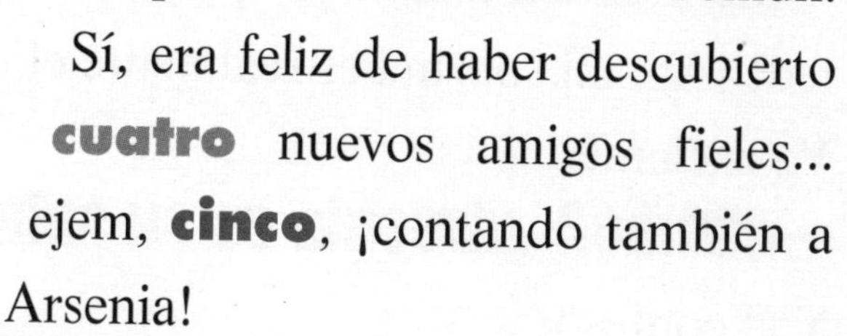

Sí, era feliz de haber descubierto **cuatro** nuevos amigos fieles... ejem, **cinco**, ¡contando también a Arsenia!

¡*KUÉNTEMELO* TODO, POR *FAFOR*!

Volví a la consulta del doctor Ratenstein.

—¡*Kuéntemelo* todo, por *fafor*!

—¡Tenía razón, doctor! ¡He participado en un curso de supervivencia en la Selva Negra, me he enfrentado a mis miedos y estoy curado!

Él estaba muy satisfecho:

—¡Se lo había dicho! ¡Dependía sólo de usted! ¡Ah, mi sobrina es realmente eficaz!

Yo exclamé:

—¿Cómo? ¿Arsenia es su sobrina?

Y él confesó:

—Ejem, se la *akonsejé* a sus familiares. Estaba seguro de *ke* funcionaría. Sólo ella consigue resolver los *kasos* de fobias *komo* el suyo...

¡Fobia a la oscuridad!

¡Serpientes!

¡Vértigo!

¡Escorpiones!

¡Arañas!

EJEM, SIN EMBARGO LOS GATOS...

Queridos amigos roedores,

he aquí la conclusión.

¡Ahora ya no me da miedo VOLAR!

¡No me da miedo la OSCURIDAD!

¡Ya no me dan miedo las ARAÑAS!

¡No sufro de CLAUSTROFOBIA!

¡En suma, estoy curado!

¡Ya no tengo miedo!

¡Ya no tengo miedo!

¡Ya no tengo miedo!

¡Ya no tengo miedo!

Ejem, lo único que aún me da miedo son los GATOS...

¡En suma, estoy curado!

Pero como dice el doctor Ratenstein, eso es normal... Al fin y al cabo... *¡yo soy un ratón!*

AL FIN Y AL CABO... ¡YO SOY UN RATÓN!

ÍNDICE

Geronimo Stilton
Mi nombre es Stilton,
Geronimo Stilton
DESTINO

Geronimo Stilton
En busca de la
maravilla perdida
DESTINO

Geronimo Stilton
El misterioso manuscrito
de Nostrarratus
DESTINO

Geronimo Stilton
La sonrisa
de Mona Ratisa
Mona Ratisa
DESTINO

Geronimo Stilton
El galeón de
los gatos piratas
DESTINO

Geronimo Stilton
¡Quita esas patas,
cara de queso!
DESTINO

Geronimo Stilton
El amor es como
el queso
DESTINO

NO TE PIERDAS MIS HISTORIAS DIVERTIDÍSIMAS. ¡PALABRA DE GERONIMO STILTON!

Geronimo Stilton

Marca en la casilla correspondiente los títulos que tienes y los que te faltan para completar la colección

SÍ NO 1. Mi nombre es Stilton, Geronimo Stilton
SÍ NO 2. En busca de la maravilla perdida
SÍ NO 3. El misterioso manuscrito de Nostrarratus
SÍ NO 4. El castillo de Roca Tacaña
SÍ NO 5. Un disparatado viaje a Ratikistán
SÍ NO 6. La carrera más loca del mundo
SÍ NO 7. La sonrisa de Mona Ratisa
SÍ NO 8. El galeón de los gatos piratas
SÍ NO 9. ¡Quita esas patas, cara de queso!
SÍ NO 10. El misterio del tesoro desaparecido
SÍ NO 11. Cuatro ratones en la Selva Negra
SÍ NO 12. El fantasma del metro
SÍ NO 13. El amor es como el queso

Próximos títulos de la serie

14. El castillo de Zampachicha Miaumiau
15. ¡Agárrense los bigotes... que llega Ratigoni!

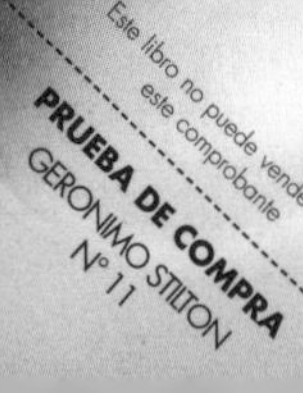

El Eco del Roedor

1. Entrada
2. Imprenta (aquí se imprimen los libros y los periódicos)
3. Administración
4. Redacción (aquí trabajan redactores, diseñadores gráficos, ilustradores)
5. Despacho de Geronimo Stilton
6. Helipuerto

1
2
3
4
5
6
7
8
9
10
11
12
13
14
15
16
17
18
19
20
21
22
23
24
25
26
27
28
29
30
31
32
33
34
35
36
37
38
39
40
41
42
43
Río Ratonio
Playa

Ratonia, la Ciudad de los Ratones

1. Zona industrial de Ratonia
2. Fábricas de queso
3. Aeropuerto
4. Radio y televisión
5. Mercado del Queso
6. Mercado del Pescado
7. Ayuntamiento
8. Castillo de Pipirisnais
9. Las siete colinas de Ratonia
10. Estación de Ferrocarril
11. Centro comercial
12. Cine
13. Gimnasio
14. Sala de conciertos
15. Plaza de la Piedra Cantarina
16. Teatro Fetuchini
17. Gran Hotel
18. Hospital
19. Jardín Botánico
20. Bazar de la Pulga Coja
21. Estacionamiento
22. Museo de Arte Moderno
23. Universidad y Biblioteca
24. «La Gaceta del Ratón»
25. «El Eco del Roedor»
26. Casa de Trampita
27. Barrio de la Moda
28. Restaurante El Queso de Oro
29. Centro de Protección del Mar y del Medio Ambiente
30. Capitanía
31. Estadio
32. Campo de golf
33. Piscina
34. Canchas de tenis
35. Parque de atracciones
36. Casa de Geronimo
37. Barrio de los anticuarios
38. Librería
39. Astilleros
40. Casa de Tea
41. Puerto
42. Faro
43. Estatua de la Libertad

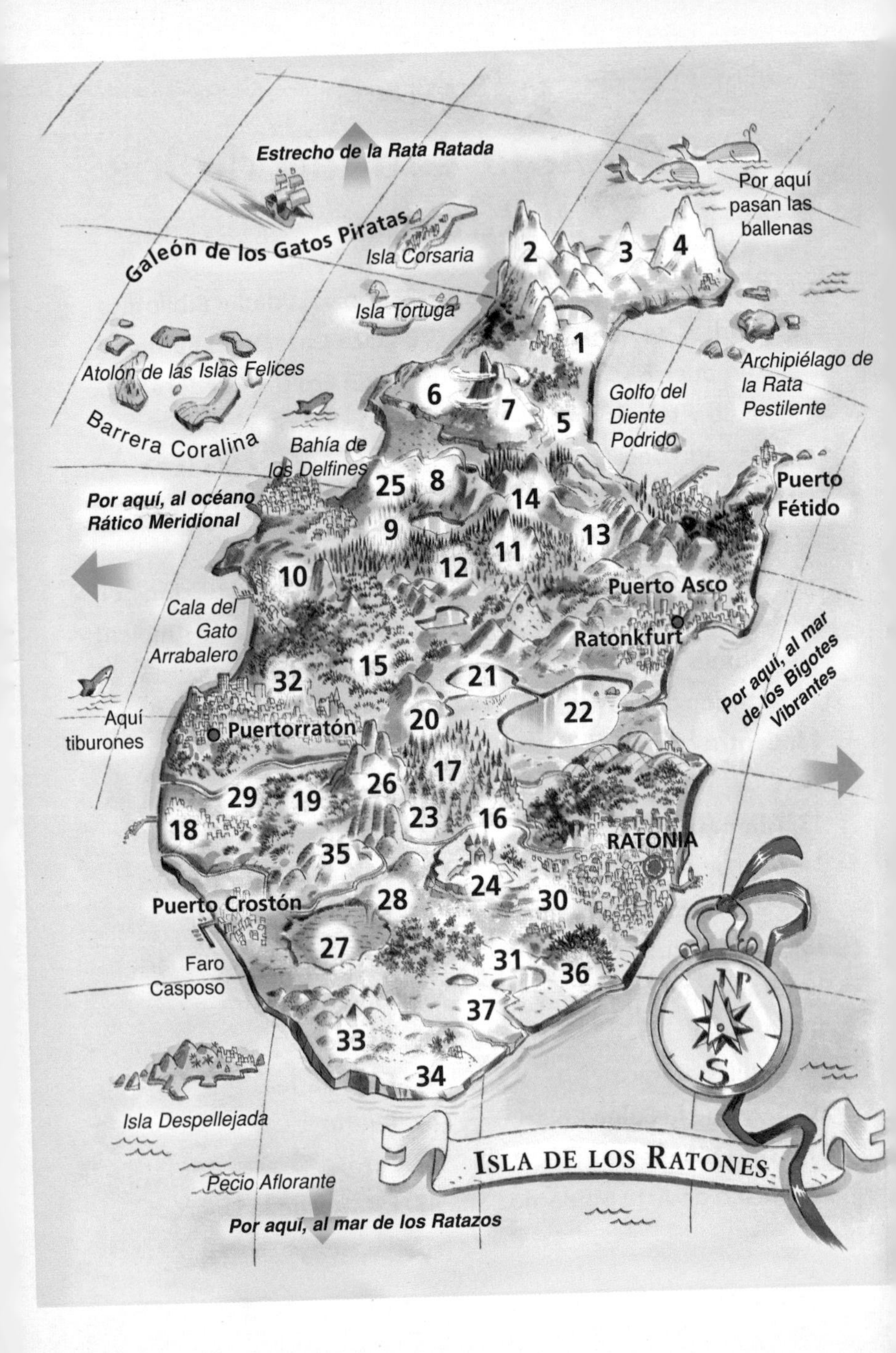

Estrecho de la Rata Ratada
Galeón de los Gatos Piratas
Isla Corsaria
Isla Tortuga
Por aquí pasan las ballenas
2
3
4
1
Atolón de las Islas Felices
Barrera Coralina
Bahía de los Delfines
6
7
5
Golfo del Diente Podrido
Archipiélago de la Rata Pestilente
Puerto Fétido
Por aquí, al océano Rático Meridional
25
8
14
9
13
11
12
10
Puerto Asco
Cala del Gato Arrabalero
Ratonkfurt
Por aquí, al mar de los Bigotes Vibrantes
15
21
32
22
20
Aquí tiburones
Puertorratón
17
26
29
19
23
16
18
RATONIA
35
24
Puerto Crostón
28
30
27
31
36
Faro Casposo
37
33
34
Isla Despellejada
ISLA DE LOS RATONES
Pecio Aflorante
Por aquí, al mar de los Ratazos
N
S

La Isla de los Ratones

1. Gran Lago Helado
2. Pico del Pelaje Helado
3. Pico Tremendoglaciarzote
4. Pico Quetecongelas
5. Ratikistán
6. Transratonia
7. Pico Vampiro
8. Volcán Ratífero
9. Lago Sulfuroso
10. Paso del Gatocansado
11. Pico Apestoso
12. Bosque Oscuro
13. Valle de los Vampiros Vanidosos
14. Pico Escalofrioso
15. Paso de la Línea de Sombra

16. Roca Tacaña
17. Parque Nacional para la Defensa de la Naturaleza
18. Las Ratoneras Marinas
19. Bosque de los Fósiles
20. Lago Lago
21. Lago Lagolago
22. Lago Lagolagolago
23. Roca Tapioca
24. Castillo Miaumiau
25. Valle de las Secuoyas Gigantes
26. Fuente Fundida
27. Ciénagas sulfurosas
28. Géiser
29. Valle de los Ratones
30. Valle de las Ratas
31. Pantano de los Mosquitos
32. Roca Cabrales
33. Desierto del Ráthara
34. Oasis del Camello Baboso
35. Cumbre Cumbrosa
36. Jungla Negra
37. Río Mosquito

Queridos amigos roedores,
hasta el próximo libro.
Otro libro padrísimo
palabra de Stilton, de...

Geronimo Stilton